ゲームブックの遊び方

1ページ目から読みはじめましょう。
お話を読んでいって矢印 ▶ が出てきたら、矢印にかかれた数字 ◯ が左上に書いてあるページにすすんでください。
迷路や問題でえらんだ答えに矢印 ▶ が出てきた場合は、えらんだ答えの方の矢印 ▶ の数字 ◯ があるページにすすんでください。
けいむしょからうまく脱出できたら、ゲームクリア。
もしも、ゲームオーバーになったら、次のページのしつもんに答えたらとちゅうからやり直せます。
では、どうかごぶじで。

JN208108

まいぜんシスターズの ゲームブック

作 せきちさと　絵 林佳里

マイッキー
ゲームが大すきな くいしんぼう。
じゆうな せいかくで マイペース。

なんで ぼくが

こんにちは ぜんいちです。
マイッキーが なにも わるいことを していないのに
世界一 大きな けいむしょに 入れられちゃった！

ぼくの ひみつの ちからで
なんとか マイッキーを
たすけださなくちゃ！

ぜんいち
プログラミングや ゲームが とくい。
やさしくて いろんなことを しっているよ。

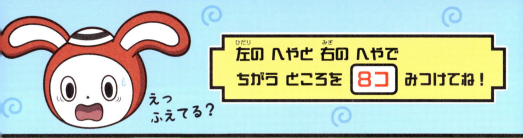

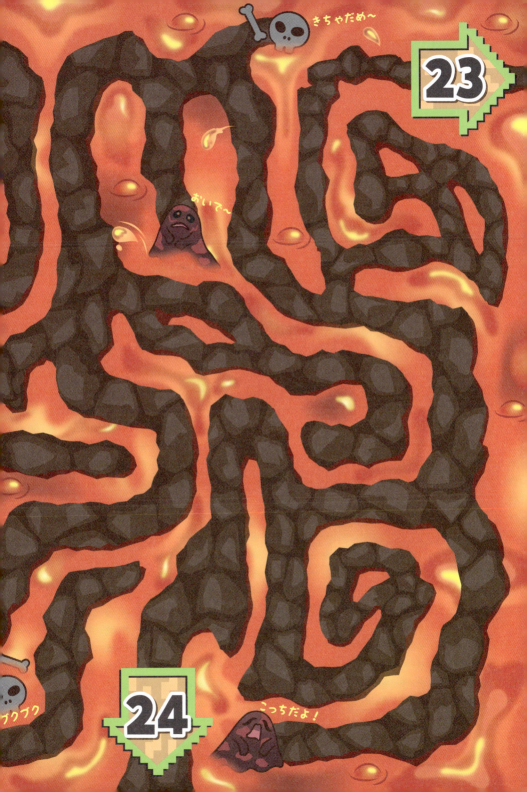

RETRY ▶ もういちど あそぶ

おなじ へやには 2回 入れないよ。
エレベーターに のれるのも 1回だけ。とちゅうで
わすれずに 脱出用の ロープ🔑を ゲットしてね！

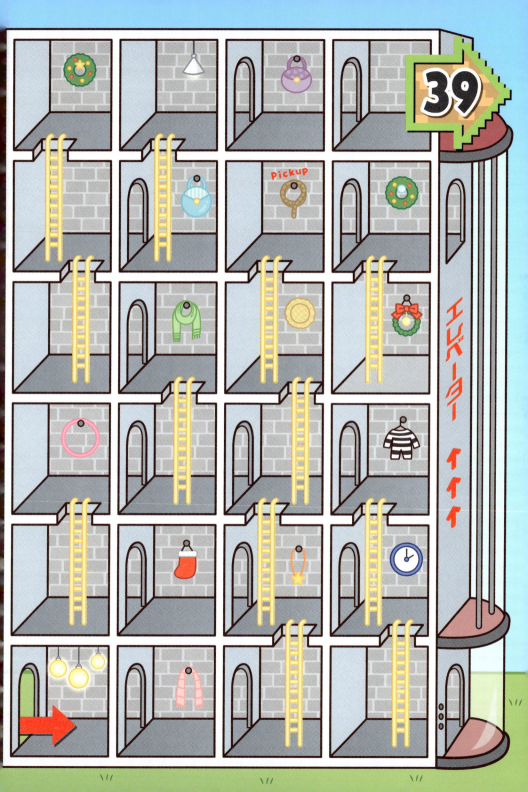

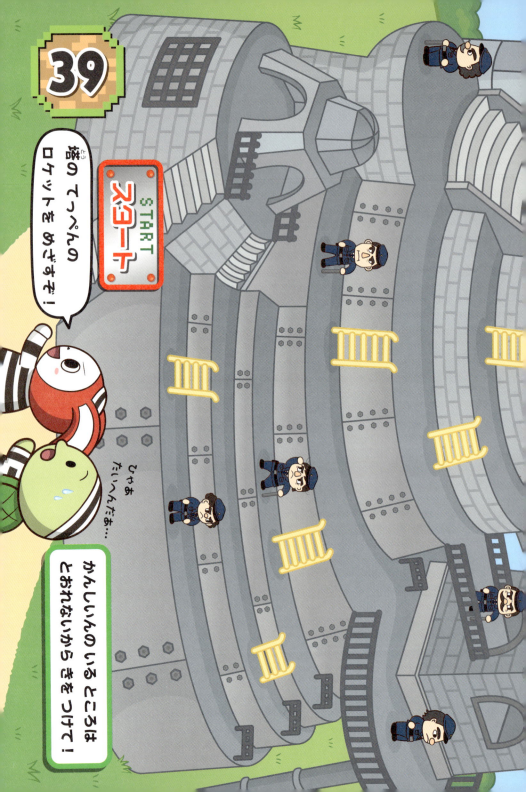

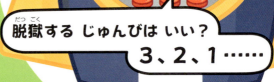

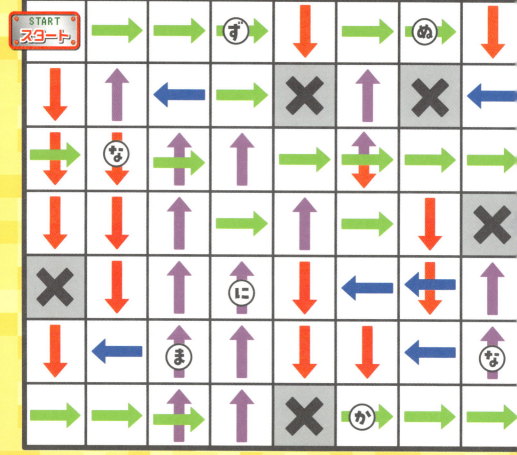

やじるしの ほうこうにしか すすめないよ。
やじるしが まじわっている ときは すきな ほうに すすんでね。
とおって あつめた文字が あんごうの こたえだよ！

36

なにかある

26

なにかいる

けいむしょの へやを とおって にげよう！
さいしょに バクダンを つかって
1〜3の とびらの
どれか ひとつを 爆破して
スタートしてね。

著者紹介

作 せきちさと

作家。キャラクター関連の書籍を多数手がける。
著書に『んふんふ　なめこ絵本　さいこうのスープ』『ちびちびうさまる　ふわふわだいすき』『ミャクミャク　ある日のおはなし」(岩崎書店)、『らぶいーず　はじめてのであい』(講談社)などがある。

絵 林佳里 (はやしかおり)

デザイナー・イラストレーター・絵本作家として活動中。カラフルで楽しい子ども向け商品のデザインやイラストを得意とする。主な作品に『スイカゲームをさがせ！』(ポプラ社)『たびするプリンセスとすてきなせかいのくに』(JTBパブリッシング)『おやすみなさい おばけのちーちゃん』(永岡書店)などがある。

まいぜんシスターズのゲームブック1

まいぜんシスターズのゲームブック

2025年4月　第1刷　2025年7月　第3刷

作	せきちさと
絵	林佳里
発行者	加藤裕樹
編集	髙林淳一　富川いず美
発行所	株式会社ポプラ社
	〒141-8210　東京都品川区西五反田3−5−8　JR目黒MARCビル12階
	ホームページ　www.poplar.co.jp
印刷・製本	中央精版印刷株式会社
ブックデザイン	林佳里

©MAIZEN　© Chisato Seki 2025
ISBN 978-4-591-18577-3　N.D.C.913　79P　22cm　Printed in Japan

落丁・乱丁本はお取り替えいたします。
ホームページ(www.poplar.co.jp)のお問い合わせ一覧よりご連絡ください。

本書のコピー、スキャン、デジタル化等の無断複製は著作権法上での例外を除き禁じられています。
本書を代行業者等の第三者に依頼してスキャンやデジタル化することは、たとえ個人や家庭内での利用であっても著作権法上認められておりません。

めいろや まちがいさがしの
こたえだよ！
とけなかった もんだいが あったら、
これを みて もういっかい
トライ してみてね

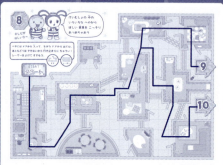
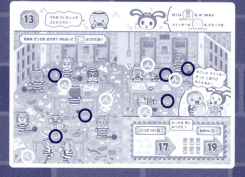

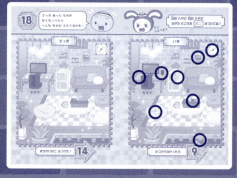
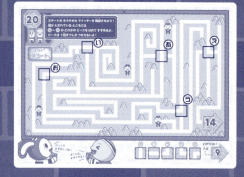
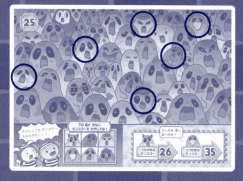